Jany Cailhol

Fragments d'Orientitude

Les Presses du Midi

Du même auteur aux Éditions Les Presses du Midi :

Voyage à bout de l'Orient

Impression PDM

---

121 avenue d'Orient - 83100 Toulon
Tel. : 04 94 16 90 20 - Fax : 04 94 16 90 29
Dépôt légal mars 2002
ISBN : 2-87867-375-1

L'esthète

Un vieux berger lippu à belle barbe blanche,
Le long dos courbatu sous une limousine,
Une main à la canne et l'autre sur la hanche
Garde ses chèvres gambadant près des ravines.

Les lointains monts neigeux, miroirs mirobolants,
Étincellent, s'envoient des reflets blancs et bleus.
Dans l'irréel azur, les vastes oiseaux lents
Évoluent, caressant les pics majestueux.

Sur un rocher aigu, la chèvre s'équilibre,
Tendant sa fine tête, encadrée de blancs poils,
Vers une fleurette qui croît sur le roc, libre
Et puis la dévore, cette si frêle étoile.

Le berger s'accroupit, il sort son fort couteau.
Avec un bout de bois, il forme une statue :
Depuis longtemps déjà, il s'applique aussitôt
Que le labeur pesant un moment s'atténue.

Personne ne connaît l'objet de son travail,
Il le cache avec soin dans l'obscur paletot
Et souvent, les pâtres, à la soirée le raillent.
Or, lui reste pensif, sourd à ces vains propos.

Des jours entiers, il va, hagard et solitaire,
Fixant toujours là-haut, le regard démentiel.
Dans un mépris béant des choses de la terre :
Sur son morceau de bois, il veut sculpter le ciel.

Réalmont (Tarn) 3 novembre 1970

Le jardinier

Il est
Penché
Pensif,
Le pif
Hargneux
Tout bleu,
Sur son
Melon
Tout rond.
Il n'est
Ma foi,
Pas très
Bien sûr
Qu'il soit
Bien mûr.
Il tâte,
Retâte.
Mais non !
Pas bon !
Misère !
Que faire ?
Il va
Très las,
A la
Maison,
Annon
cer que
le fruit
A peu
Mûri.

20 février 1970

La coccinelle

Sereine,
Elle aime
Sauter
Les roses
A peine
Écloses
Des haies.
Alors,
Adore,
Volant
Dans le
Ciel d'or
Que le couchant
Parfois
Rougeoie,
Humer
L'odeur
De joie
Des fleurs
Aimées.
Sans bruit,
La nuit
La couche
Dans le
Doux lit
De mousse
D'un dieu.
Encore,
L'aurore
L'éveille ;
L'air frais
Décore
La fée
Du ciel.
Exquise,
La brise
L'emporte
Pour faire
La bise
Qu'espère
La Flore.

20 février 1970

Larme

Je voudrais être une larme
Pour savourer tout ton charme,
Je naîtrais sous ta paupière
Et je serais la dernière
À désirer te quitter
À vouloir te consoler.
Puis je vivrais sur tes joues
Le séjour, Ah ! le plus doux.
Je coulerais un instant
De bonheur et lentement
Pour calmer ma tendre fièvre
J'irais mourir sur ta lèvre.

4 février 1970

Amour

La belle chèvre bêle,
Le beau chevreau au trot
Vient vers celle qui l'appelle
Haut le dos et le sabot.

4 février 1970

L'oiseau

Un oiseau
Près de l'eau
Chahutait
Tout confiant
Tout content
Dans le pré.
Au ciel bleu
Chantait de
Petits chants
Bien gentils
Répartis
Par le vent.
Un coup de
Feu ou deux !

Son cri dans
Son bec fin
Qui devint
Plein de sang,
Se troubla,
S'arrêta.
Gît ici
Au talus
Ce qui fut
Une vie.

4 février 1970

Spleen

Soleil rouge de sang, ruche vide de miel,
Papillon volant lourd dans le ciel irréel,
L'homme fourbu, des champs revenant lentement.
Chuchotements plaintifs des ivres cormorans.
Livres éparpillés entre cahiers froissés;
Bougie chancelante, de scintiller lassée;
Un jeune adolescent, appuyé à sa table,
Plein de mets lents coliques, fait un rêve minable.

16 mars 1970

Promenade

Les jonquilles fleurissent
Dans les bois de sapins
Sur les mousses qu'hérissent
Les baguettes de pins.

Un oiseau chante, gai
Sous du feuillage l'arche.
Moi, l'oreille aux aguets,
Sur la sente, je marche.

À côté, le ruisseau
Coule son eau profonde.
Je vois le ciel si bleu
Se mirer dans son onde.

Le rocher par la vague
Est battu mollement
Et moi, seul, je divague,
À toi toujours rêvant.

30 mars 1970

Bucolique

Un agneau lui lèche la main.
Dans la bergerie, les moutons
Couchés, le regardent, sereins.
Ils pensent que demain matin,
Ils partiront dans le vallon…

30 mars 1970

Chanson populaire

Dans ton châle de laine,
Sous ta si douce haleine,
Je me sens bien au chaud.
Loin de toutes mes peines,
Ma tendre Madeleine,
Que ce moment est beau !

Dans ton châle de laine
Ton corps qui sent la plaine
Que tu baignes dans l'eau
De l'unique fontaine
Qui pourtant est lointaine
Allant emplir ton seau.

Dans son châle de laine,
Ton corps digne de reine,
Au milieu du troupeau
De moutons que tu mènes
Boire à l'eau de la Seine
À la plus belle peau.

Dans ton châle de laine,
Ces blonds cheveux que j'aime
S'enroulent en anneaux
Comme pour la sirène
S'allongeant sur la grève,
Le vent fait des cerceaux.

3 avril 1970

Société

Cette fange putride où est enfoncé l'homme
Ne cesse de monter et l'homme dans son somme
Égoïste, cruel, se voit de jour en jour,
Tombé dans l'abjection causée par son séjour.

Quelquefois, sa conscience en un sursaut d'honneur
Se réveille et regarde, étonnée ce malheur :
Mais c'est bien trop épais, comme un sable mouvant,
La honte emporte l'homme encore plus avant.

9 avril 1970

Progrès

Oh ! Que n'ai-je pu vivre au temps où la campagne
N'était jamais troublée du matin jusqu'au soir
Par ces bruits détestables inondant le terroir,
Quand on pouvait rêver auprès de sa compagne !

Où l'on pouvait dormir à l'ombre d'un sapin
Tendrement enlacés, à l'abri des rayons
Trop blessants de l'été sans qu'un homme en blouson
Vienne en hurlant, le con, vous sortir de son foin.
Où l'on pouvait marcher en paix sur le sentier,
Regarder des bipèdes s'élevant dans le ciel
Et tournoyant, joyeux dans un songe irréel
Sans qu'un tracteur balourd vous tombe sous le nez.

L'homme sur la nature applique sa main sombre,
Et verse le mazout où courait l'eau limpide.
Les oiseaux vont crever et l'air est insipide,
Le soleil bientôt va nous déverser de l'ombre.
Les ruisseaux maigrelets couleront une eau noire
Et nul ne verra plus jouer parmi les roches
Les fiers poissons d'argent que parfois de féroces
Pécheurs sournois guettaient pour une belle histoire.

Et l'on verra un jour, un homme hagard, courant
À travers la plaine couverte d'édifices,
Recherchant vainement une pousse de lys,
Un coin de verdure qu'il avait vu enfant.

20 avril 1970

La solitude

Celui qui recherche, loin du monde des hommes
Où la lueur n'est que pâle reflet du jour
Dans lequel les humains vaquent d'un sommeil lourd
Dans le plaisir sacré, inévitable dogme,
Le bonheur qu'on dit rare ou une vraie sagesse,
Qu'il marche où personne n'a jamais mis le pied
À un lieu seul connu des dieux et du gibier,
Et au premier instant, il boira l'allégresse.

Il trouvera dans herbe, sapins et buissons
Le secret naturel caché aux imbéciles,
Il verra que l'homme n'est pas le plus agile,
Le plus intelligent, d'autres aussi le sont.
Il sera solitaire, en son juste milieu
Vivant comme la bête en son gîte secret,
Se servant de ses mains, de son esprit sacré,
Faible, pourtant il a deux outils bien précieux.

En été, il vivra à l'état de nature,
La honte aura quitté son esprit et son corps,
Sa fierté reviendra dépourvue de décor
Et le contentement de tuer la luxure.
Quand l'heure du trépas cognera à son huis
Il se préparera, heureux d'avoir vécu
Sans jamais n'avoir fait aucune peine aiguë
Et il ira bien aise en l'oubli de la nuit.

Le 22 avril 1970

Je veux, je suis, je peux

Je veux ce que je suis
Je suis ce que je veux
Je peux ce que je veux
Je veux ce que je peux
Je peux ce que je suis
Je suis ce que je peux.

6 octobre 1970

Cauchemar d'un ivrogne

Dans un vieux bouge affreux, empesté de fumées,
Un borgne hideux buvait de l'eau arrache-gueule ;
L'œil sombre, caverneux, commençait à ramer,
Voyait dans les ombres des hommes vils et veules,
Des démons grimaçants, de vrais fléaux du diable,
Édentés et suant, puant, abominables.
Les perroquets violets chantaient des chants obscènes
Où se mêlaient le vin, les putains et Marie
Et la bure du moine et l'orgie de la Cène
Où la sorcière et l'ange en transes se marient.

L'œil de bœuf de ce bouge était le jugement
Impassible, inflexible, annotant ce moment,
Et fixait le poivrot comme s'il voulait dire
Le présent est à toi mais gare à l'avenir !

Bacchus avec Éros, Vénus avec Lesbos
S'accouplent macabres en des grotesques poses.
Pan lui, le tavernier sur ce concert lubrique
Excitait par la voix cette engeance alcoolique.
L'œil inique du borgne était dans les vapeurs,
Les vapeurs inconnues où commence la peur.
Les contes enfantins profusant d'irréel
Encombraient son esprit engourdi, en torpeur.
Belzebuth et Satan, les sorciers d'Israël,
Enchantés, emplissait l'œil inique d'horreurs.
Pour les anéantir, il voulait les noyer
Dans le whisky, vodka, rhum martiniquais,
Mais rien ne pouvait plus contenir la furie
Des démons audacieux célébrant leur orgie.

17 octobre 1970

La rue

Dans la rue dépravée claudique un petit vieux,
Aux épaules brisées, la main tenant un rein ;
De son sort inique, vous n'êtes pas envieux
Et vous trouvez que ça ne vous regarde en rien.

Or, les petits enfants, singeant son attitude
Le suivent, rigolards, avec le sac au dos
Rempli de culture, de morale et d'étude.
Le vieillard n'a pas droit aux honneurs des héros.

Il est laid et difforme et ses traits démoniaques
Ne feraient pas penser à un cœur pur et fier.
Les beaux petits chéris, longeant le mur de pierre
Aspergent le clochard en passant dans les flaques ;
Lui, voulant se soustraire à ces gais chenapans,
Il accélère alors son lourd dandinement.

20 octobre 1970

Mirage

Un hautain Bédouin sur son chameau immense,
Passe majestueux le long de l'oued en crue ;
Son burnous blanchâtre dans le simoun s'élance,
Fait des arabesques d'une grâce inconnue.

Loin des sérails, foin des harems, il se confond
Au sable du désert, mer monotone et lente ;
Comme l'aigle des nues, son regard va profond
Au-delà des confins de la dune isolante.

Son âme pure ignore hypocrisies et haines
Et ne s'abaisse pas aux vilenies humaines ;
Il aime le mirage et le gentil fennec,

Il s'y plonge à loisir, le caresse longtemps.
Il fait halte très peu à l'oasis tentant,
Et le plus tôt repart vers le Sahara sec.

20 octobre 1970

À un écrivain

Écris ! Les critiques bientôt t'expliqueront
De fort belle façon,
Ce que tu voulais dire !
Range-toi, sur ta gloire, à leurs avis, sans rire !

21 octobre 1970

Flash

Douille de cuivre, balle en plomb,
Éclairs sanglants, tonnerre odieux,
Chevaux crevés, hommes en haillons,
Oreille sourde, yeux vitreux.

Dégoût mortel, lâcheté vile,
Courage idiot, mort inutile,
Larmes de sang, poitrine ouverte,
Boyaux épars sur l'herbe verte.

Gueule fumante, héros qui ploie
Sous le fardeau d'un camarade.
Mémoration de la parade

Des fiers soldats au pas de l'oie,
Marchant, gaillards sous les bravos
Des veaux parqués. Oh ! Qu'ils sont beaux !

21 octobre 1970

Minettes ! Midinettes ! C’est midi ! Dînette !
Déployez vos napperons, tournoyez jupons !
Éclairez vos frais minois, faces d’opérette ;
Vos appâts sont tentants, vos rires sont fripons.

Asseyez-vous en rond, là, sur vos fesses rondes
Votre poitrine offerte aux mains les plus larronnes
Rires à gorges déployées de tout le monde.
« Picture » de chair rose hachée, feuilles d’automne.

Le dîner bat son plein, dinde grasse, vins fins,
Le plaisir et la joie font bien plaisir à voir,
Caressons et tétons ! Tiens qu’est-ce que ce sein ?
« Excuse-me » ! Le soir, toutes les chattes sont noires.

21 octobre 1970

Rouge, sang sillonnant le blanc de l'œil atone,
Le coucher du soleil sur la mer monotone,
La foudre dans la nuit, l'explosion de l'obus,
Le nez trop visible de celui qui a bu.
Drapeau qui flotte au vent, émotion enfantine,
Pudeur effarouchée, treillis d'algues marines,
Le volcan bouillonneux, l'image de l'enfer,
Reflets du forgeron qui frappe sur le fer.

Vert, printemps de la plante enivrée de la vie,
Le crachat pénible, couleur du banc moisi,
Visage livide lorsque la porte grince,
C'est le serpent fuyant, le sourire du prince,
L'honneur inutile de l'académicien,
La convoitise de l'argent américain.
L'Amazonie trouée de repaires perdus,
La morve de l'homme, l'Esméralda vendue.

Bleu, réseau des veines sur le bras maigre et nu,
La mer superficielle et le pur ciel connu.
Bonheur imaginaire, amour adolescent,
Rêves dans la fumée, fiers regards des Normands.

.../...

.../...

Jaune, immense plaine mouvante, lancinante,
Sable fin et soleil, chevelure ondoyante,
Herbes sèches brûlées, lampe faible éclairant,
Dents nicotinées, fleuve d'urine coulant.
C'est la lune et le cul, l'étoile et le pourri,
L'or pur étincelant, les égouts de Paris.

Noir, yeux de velours, cils et toison entraînante.
Corps de jais dans la jungle africaine éclatante.
Deuil austère, l'air patibulaire, Satan.
Le monde des aveugles, abysse du néant.
Caveau des détenus, tombeau des trépassés.
Encre indélébile des siècles conservés.
Les mineurs, revenant, les arbres sous l'hiver,
Délicieux moments des amoureux pervers.

Blanc, lys, aube de la chaste communiante,
Les temples antiques, la fumée suffocante,
Le linceul de l'esprit, vestures des Arabes.
Livre de la Science, donzelles des nababs,
Les flocons aériens, la lessive aux enzymes,
Le cahier du poète qui cherche ses rimes.

28 octobre 1970

Damnation

Dans le clair enfer qu'hante
Le fantôme de Dante,
Je vois des fées dansantes,
Des abîmes de fiente.

Des relents d'immondices
S'élèvent de l'abysse
Et sur la flamme glissent
Des noirs corps de réglisse.

Testicules énormes
Bravant toutes les normes
Dans la douceur s'endorment
De l'ombre d'un vieil orme.

Sous le faix des horreurs
Un vil vieillard sans âge,
C'est du temps, je crois, l'heure,
Marche dans son sillage.

L'âme en peine m'a dit
« Sais-tu le Paradis ? »
Cette âme pervertie
M'a donné le mépris.

Depuis ce temps, ma chère,
Que j'ai vu ces rivages
De douceur et de rage,
Je ne suis plus que chair.

30 octobre 1970

Le serpent et l'oiseau

L'oiseau sur la branche tressaille d'impatience,
Ses yeux globuleux voient le buisson qui remue,
Son aile est déjà prête à fuir ce lourd silence.
Ah ! Il s'élance enfin de la tige ténue.

Il esquive de peu le tronc d'un vieil ormeau.
Son cœur bat la chamade en son coffre si fin.
Il se repose alors, peureux dans son nid chaud.
Mais, ne voilà-t-il pas que le regard d'airain,

Hypnotique, trompeur, d'un gros serpent se fixe
Sur lui ! Il se love, désirable démon.
Dans ses yeux la lueur, un attachant point rond,

Phare ouvert de la nuit, en l'oiseau bleu s'immisce.
Il ne peut résister à l'attrait si notoire.
Bientôt, il ira choir dedans sa gueule noire.

30 octobre 1970

Boule

Boule phosphorescente, à l'horizon s'abîme,
Le porteur de la vie dans les flots rougeoyants ;
Sa lente et dure chute est ressentie, intime,
Dans l'âme qui regarde et qui rêve longtemps.

La vague s'est calmée, le rocher en répit
Fait miroiter ses lacs du noir de jais au rouge.
La mer se tait et voit l'alentour qui pâlit,
Le monstre de la nuit qui s'éveille et qui bouge.

Maintenant, il n'y a, flottant sur l'horizon
Qu'une ligne jaunâtre engloutie peu à peu.
À l'autre bout du monde un homme éveillé peut

Mirer les prémices d'une journée nouvelle
Qui avec un tel feu ne peut être que belle !
Mais le destin humain se rit de la raison.

31 octobre 1970

Réalité

J’ai croisé sur la route
Un vagabond serein,
C’était sans aucun doute,
Un pauvre malandrin.

Il m’a dit « viens petit ».
On aurait dit Verlaine.
Salut ! Je suis parti :
Il puait de l’haleine.

Je chantais des chansons
Hautain comme un corbeau.
Je m’enfuis comme un con.
Je ne suis pas Rimbaud.

31 octobre 1970

Toussaint

Dans le blanc cimetière arrosé de soleil,
Les bonnes gens en noir apportent des corbeilles
De chrysanthèmes blancs, rouges, bleus, violacés
Qu'ils déposent sur la tombe des trépassés,
Humblement, doucement, la larme au coin de l'œil
Pour ceux qui sont encor en la tenue de deuil.
Les enfants innocents, les yeux tout grands ouverts
Se demandent pourquoi on décore des pierres.
L'abbé, au cœur d'enfant, promenant l'encensoir
D'une voix monocorde, habillé d'or, de moire
Récite chantonnant, ave, de profundis
À ses fidèles sourds que l'hypocrisie tisse.

Comme un vaste troupeau de brebis et d'agneaux
Ils marchent pesamment vers les brillants caveaux,
Indignant les âmes des vénérés défunts
Qui croyaient dans la mort trouver la paix enfin.

Que cela peut-il faire aux restes désuets
D'être couverts de fleurs, d'ailleurs vite fanées,
Et croyez-vous que l'âme en sa béatitude
Puisse aimer des vivants une telle attitude ?

Cloches sonnant le glas, corbeaux dans le ciel bleu,
Atmosphère de mort répandue dans les yeux.
Les parents retrouvent leurs chers enfants prodigues.
Les cousins se revoient, les pleurs crèvent les digues.
C'est mère hypocrisie, le profond égoïsme
Exquis, mielleux, ronflants, qui montrent leur lyrisme.
C'est le jour où l'on sort sa nouvelle parure,
Où l'on jalouse aigri, des voisins la vesture,
Où l'on critique, fats, la tenue insolente
Des fiers adolescents, des vierges provocantes.
Puis quand ils font le point, le soir à la veillée,
Tout est fini, demain, il faudra se lever…

1er novembre 1970

Orient (1)

Sur un sofa mohair, un las turc en turban
Narghilé à la main s'enivre d'opium
Tandis que les ondes des danseuses en gaze,
Pures, se propagent, divin harmonium
Et font jouir le nabab, le fort turc nonchalant
Dans une volupté où nulle plainte jase.

Des odeurs lascives se dégagent des corps
Et forment, mélangées au pénétrant parfum
Une lourde mixture invitant au voyage,
Au voyage sans fin, à celui des défunts.
Les formes, souple viorne, à travers les décors
Semblent appartenir à la vie du mirage.

Les démons tentateurs, jeunes filles en fleur,
Trémoussent leurs appas sur la moquette ambrée ;
Leurs grands yeux langoureux provocants et douceâtres
Espèrent deviner en secret les apprêts
Quand l'homme contempleur daignera Oh ! Bonheur !
S'abaisser à serrer leurs vierges corps d'albâtre.

5 novembre 1970

Orient (2)

Dans un gourbi malsain, un Arabe caché
Yatagan à la main attend son ennemi,
Derrière un lit minable. Son œil est attaché
Au vantail pittoresque arraché à demi.

Le voici qui survient, le pas est hésitant,
Ses yeux hagards où perce un espoir compromis,
Scrutent les lieux connus ; son front est ruisselant.
Il marche en tâtonnant dans l'infernale nuit,

Une lourde torpeur s'empare de son âme ;
Sur un rayon de lune, il voit luire la lame.
Un bras saisit son cou et le tranchant s'applique.

Un gargouillis atroce entérine le crime ;
Une masse informe sur le galetas trime
Qui fait à Mahomet une ultime supplique.

7 novembre 1970

Orient (3)

Un lourd bombardier juif survole lentement
Le désert aride parsemé des douars
De vieux palestiniens chassés de leur arpent
Qui, le regard aux cieux menaçants et hagards,

Survivent, miséreux ; ils ont chassé l'espoir.
Leurs fils fiers, vigoureux, combattent dans les dunes
Pourtant. Les Feddayins viennent causer le soir
Pour les rassurer, quand les nues cachent la lune.

Le juif errant d'antan ayant accumulé
Humiliations, mépris, anathèmes et crimes
Maintenant à son tour, pour se venger s'escrime.

Sache, Peuple de Sion que le joug exécré
Fait naître la traîtrise et qu'on verra un jour
Peut-être pas lointain ton exil sans retour.

8 novembre 1970

Orient (4)

La molle enchanteresse, étendue vaporeuse
Les yeux mi-clos, mi-noirs sous un rideau de jais,
Les bras de lys ballants, en pose doucereuse
Sur un divan soyeux, mystérieuse, songeait.

13 novembre 1970

Solution

Un jaune ronflement s’active du foyer.
La langue farouche lèche le fort noyer,
Blonde, vermeille et bleue, l’amour, la vie, le rêve
De ce brasier informe en se tordant s’élève.

Pour nourrir cette flamme en voie de succomber
Je donnerai mon âme.
Je saurai la nature, irréelle et poignante
De cette force obscure, en tous lieux qui me hante.

J’irai au plus profond du divin inconnu,
Je braverai Satan dans son antre venu.
La victoire m’est due. Ah ! je serai le feu,
La vie, l’amour, le rêve, empereur de tout, dieu.

15 novembre 1970

Un homme déféquant est accroupi, serein
Dans un cabinet glauque.
Sur le mur, il s'amuse à faire des dessins
Tandis qu'en souffles rauques,
Il geint, patient, heureux dans un nauséabond
Parfum ; son effort tend
À un unique but et le produit par bonds
Lourds dans l'onde se rend.
La mixture féconde enivrante et fangeuse
Par un doux tourbillon
S'enfonce au plus profond de la voie bien heureuse
Pour nourrir le sillon.

17 novembre 1970

Je rêve dans mon âme
Un hameau amoral
Produit pur de la flamme
Des régions infernales

Où l'instinct naturel
Libéré du carcan
Social et matériel
S'épandra tout le temps.

18 novembre 1970

Projet

Je rêve chaque jour
Des visions fantastiques
D'abîmes démentiels
De mosquées sur l'arctique,
De grands icebergs de sel,
De sons sortant les sourds
De leur monde endormi.
Je cherche les senteurs,
Les miasmes paludiens,
Le parfum des choux-fleurs
Pour nourrir mes esprits
Comme feraient les chiens.

Ma lucarne souvent
S'apitoie en voyant
Crevé sur la chaussée,
Un chat trop échaudé.
Il faut que je renforce
Le monde parallèle
Rempli d'inouïes forces
Que j'ai dressées entre elles
Pour m'éloigner encor
Un peu plus de la mort
Que je voyais avant
Se dresser bien souvent.

.../...

…/…

La forme, les couleurs
La motion, les senteurs,
Ne forment qu'un grand tout
Qu'on ne peut dissocier
Sans plonger dans un trou
Miséreux, un guêpier.
Je veux continuer
Seul, l'œuvre inachevé
De l'homme universel
Qui a tout vu, tout seul
Mais qui a renoncé
À s'y abandonner.

30 novembre 1970

Un vagabond
Couleur de charbon
Avance lentement
Sur la sente embaumée du bois,
En sifflotant
Une romance ancienne
Du temps
Des troubadours du roi.
Avec lui, une chienne
Gambade, l'air serein,
Plonge son museau dans un trou,
Le ressort roux
Avec un doux regard malin.
Son baluchon à bout de bras
Est petit,
Ses souliers autrefois noirs,
Sont gris.
Son cœur est bon, l'esprit étroit,
Son âme est simple et sans désirs
Mais il est droit,
Son seul plaisir !

3 décembre 1970

Le crapaud

Dans le jonc immonde
D’un marais infect,
Un beau crapaud dort
À l'abri du monde,
Soufflant, satisfait
De son pauvre sort.

Le clapotis de l’eau sale
Berce son rêve mielleux
Qui en flots rauques s’exhale
Dans l’air fétide des cieux.

Le halo du soleil apparaît
Faisant miroiter sa peau parée
Des myriades de couleurs marines
Et le ciel opaque des rétines.

Souvent, dans un sonore et grand bâillement,
Il montre avec son gouffre horrible, puant
Qu’il se sent à sa place dans ce marais vil,
Qu’il sait comment vivre cette vie tranquille
Et qu’il n’est pas besoin dans son existence
D’être suranimal pour remplir sa panse.

…/…

…/…

Il a l'air gauche et bien mal à l'aise
Pour nos yeux qui l'ont miré si bas…
Or, ni son dos, ni sa peau ne lui pèsent,
Et le soir, il croasse sa joie.

On le dirait sans défense
Et les insectes le pensent
Qui lui serviront de proie.
Des bas-fonds, il est le roi.

Des grands joncs immondes
Du marais, pataud
Le beau crapaud sort
Pour aller au monde
Des combats vitaux
(ou contre la mort).

7 janvier 1971

Troupeau vague enclin à l'éparpillement, vaste fourmillement et infernal cycle de la vie unitaire ou du fouillis monstre, instinct sauvage le soir de l'insatisfait désir, anéantissement bestial dans les vapeurs vineuses et les parfums exotiques, désintéressement lâche des appétits d'autrui, intrusions malaisées, inutilité bête, ennuyeuse des mouvements accélérés pour le but mystérieux : objet de la vie, curiosité macabre. La belle laideur, le bon mal, le tiers inclus, coït interminable des gens et des choses, entrelacement des temps, mobilité de l'homme, inconsistance du Tout.

14 janvier 1971

Décomposition

Un amas d'étoiles ternissait le ciel,
Un ciel pâle et morne comme un linceul sale
Où un souffle brisant les nuées démentielles
Apportait des visions d'inexprimables râles.
(L'odeur du sillon frais, la sueur du laboureur,
Les miasmes correspondants des pistils qui fécondent,
L'insipide brouillard sortant du val, pleureur,
Et sur chaque brin d'herbe un monde en forme d'onde).
Était-ce le matin ou l'aurore du soir ?
Un vague crépuscule ? une chaste aube timide ?
Que m'importe mais que n'ai-je pu boire
Chaque instant, chaque motte, chaque ride,
Et puis m'anéantir sachant que mon essence
Serait une goutte Oh, combien rayonnante
De ces vastes choses qu'ont embrassées mes sens.
Mais je suis resté là, pauvre âme pantelante !

19 janvier 1971

La fange

La lune blafarde à l'horizon ricane,
Jette sa clarté maligne
Sur le décor feutré et tisse sa trame
Dans les taillis pleins de signes.

Un fin velours ouaté enrobe les ifs,
Les ifs tremblants et troublants
Où sommeillent des nids aux becs agressifs
Ou seulement jacassants.

Un long hurlement dans le noir lointain s'enfle,
Se module puis retombe.
Peut-être est-ce un loup surgissant de Réflanches
Ou le chien vieux qui succombe.

Un rat obèse d'immondité enduit,
Dresse sa moustache au bord
D'une bouche d'égout sans dents et qui luit
Puis pour faire semblant dort.

Un passant rêveur qui s'ambule par là
Est happé par l'odeur forte,
Il s'abîme dans l'onde du bouillon gras
Qui, touchant, le réconforte.

Le raton convoitant le mets hasardeux
Véloce, se précipite
Et sous les coups de l'animal belliqueux
L'homme rêveur périclite.

L'homme et le rat sont ravis par le fangeux
Qui les murailles irrite
Mais sous les coups de l'animal belliqueux
L'homme rêveur périclite.

23 janvier 1971

Un brouillard rougeoyant
Estompe lentement
Les monts, les vals riants
L'immensité paisible,
Et un monde incompréhensible
Plein de terreurs et de menaces
De djinns et de gnomes horribles
Qui dans les coins obscurs s'enlacent,
Remplace le miroir du jour.
Deux yeux posés sur une branche observent
Un petit piaillement sortant d'un nid
Barbelé de fils ténus qui ne servent
Qu'à maintenir loin la verve ennemie.
Un serpent se love, impur sous la feuille,
Dans ses anneaux, serre le souvenir
Des plaisirs primitifs perdus à l'œil
Des naïfs parents qu'il a fait périr.
Et quand l'ombre étend son empire
Sur la forêt inquiète et autre
Des myriades d'antiques monstres
Comme eux viennent s'ébaudir,
Jusqu'au beau moment où
L'estompe d'un brouillard
Lent, blanc, vient cacher sous
L'aile le cauchemar.

11 février 1971

Miroir

Dans le ciel pur et clair, un œil jaune me fixe,
Dans l'œil jaune immobile, un corset de satin,
Dans ce corset filé, un laid relief s'immisce,
Dans ce relief se trouve une pensée sans fin.

Et dans cette pensée, je mets tout ce qui passe,
Je mets tout ce qui passe et s'en va et revient,
Tout ce qui dans mon âme harasse puis s'efface
Et puis qui disparaît et se retrouve rien.

Dans cet œil jaune qui me regarde sans fin,
Je me découvre en vain et de dégoût me saoule,
Dans ce dégoût saoulant sans trêve et sans vin
Je me reperds et vain, je tombe dans la foule,

Et tombe dans la foule et succombe sans trêve
Enfin vaincu, vaincu en vain, vaincus mes rêves
Par cet œil jaune qui me fixe et tout m'enlève,
L'ennui, la joie, l'ivresse et l'espoir et l'émoi
Par ce laid œil vitreux qui n'est autre que moi.

12 février 1971

Passage

Dans une nuit sombre, une âme vêtue d'ombre
Serrant sur son sein un bambin tout chétif,
Un enfant voguant vers des anges sans nombre,
Peine, endolorie sur ses pieds trop hâtifs ?

Son châle au vent s'en va, fait des signaux funestes,
Comme un corbeau, le soir, dans le ciel bas et gris.
Parfois, dans son effort, l'ouragan la saisit,
Et on la voit, courbée, dans un éternel geste,
Le vif regard fixé, inlassable et tenace,
Braver les éléments qui partout les menacent.

Un brouillard sanglant à l'horizon lointain
Se lève. Il est l'aube et menaçant et vain.
Mais combien d'aurores encore faudra-t-il
Avant que l'enfant devienne un homme vil ?

1er mars 1971

Dans ma nuit une issue
A soudain apparu
Lorsque tu es venue.

Maintenant les chacals
Les corbeaux au vol pâle
Les crapauds des eaux sales

Ne viendront plus jamais
Sournois et affamés
De moi se faire aimer.

Adieu les cauchemars
Les jours bleus de cafards
Et les teints trop blafards

Tu es venue à moi,
Je t'ai vue plein d'émoi
Et depuis, c'est la joie.

Tu es venue toute menue,
Vêtue de chevelure blonde
Parée d'yeux qui portent aux nues
Et me font évader du monde.

Et je te prends et nous irons
Par-delà les monts, aussi loin
Que nous pourrons, sans loi, ni frein
Vivre l'aurore et l'horizon.

7 mars 1971

Dans un songe feutré, j'ai miré l'autre nuit
Une étrange statue, vaporeuse, étendue
Sur le sable ondoyant par la lune blanchi.
Les vagues doucement frôlaient ses jambes nues.

Je me suis approché tout près de ce visage
Et j'ai lu dans ses traits une candeur sans fin.
Je me suis allongé, tout près de ce corps sage
Et j'ai senti en moi presqu'un bonheur divin.

La lune complice de mon égarement
Pâlissait plus encore cette vision charmante.
Mille yeux clignotaient dans la nue confondante.

Mon regard endormi se tourna au levant :
De la place chérie, le corps pâlit, s'en fut.
Les vagues doucement frôlaient mes jambes nues.

7 mars 1971

J'ai un vague à l'âme et ma raison pénible ;
Que me vaut cette indifférence inexpressible,
Cet éclair fugitif, plein de menace et d'or,
Ce courroux mal caché à l'être qui t'adore ?

Qui hier a tant souri aujourd'hui va pleurer.
Je t'apporterai fleurs, odes, baisers, sourires,
Mais de grâce, dissous cette moue dépitée,
Ce regard si fuyant qui me font tant gémir.

11 mars 1971

Poètes ténébreux qu'empeste le talent,
Et génies oubliés qu'enlise le néant !
Putain dépitée qui gagne son pieu sordide,
Député que soudoie le grassouillet avide,
Macchabée s'en allant soutenu par ses proches,
Moinillon vicieux s'éveillant à la cloche !
Cet étudiant miteux qui provoque à l'émeute,
Ce troupeau mal grossi rentrant comme une meute
À sa niche douillette où attend la pâtée,
Viscères étalés dans les salons de thé,
Ce vieux mendiant qui tend une main pleine d'os
Et reçoit pour sa peine, diatribes puis ragots,
Que ne le mettez-vous à la fourrière à vieux,
Qu'il pourrisse en silence et à l'abri des yeux !
Minet efféminé qui mène un menuet,
Paysan arraché pour troquer ses suées,
Excitante beauté pavanant sur ses hanches,
Apprenti peu sorcier s'éreintant sur sa planche,
Bouton de fleur frémissant au premier baiser
Dans la rue mal famée des Petits Épiciers,
Pédophiles soyeux draguant les bancs publics
Où les fermiers du coin déballent leur pique-nique,
Rideaux mal tirés où surgissent des cadavres
De vieilles à bonnet, surveillant de leurs havres
La rue presque déserte où parfois s'energottent
À propos de bedeaux de méchantes bigotes,
La mécanique humaine enroulant les boulons,
L'idiot sempiternel rigolant au menton
Des sages soi-disant, des messieurs à manchette
Imbus de leur raison, de leur carnet de chèques.

.../...

…/…

Peintre sur le trottoir récoltant les centimes
Des badauds attroupés aux complaisantes mines,
Adolescent acnéin, bouffi de plaisir
Dans la contemplation de formes à vêtir,
Vieux chiquant, déglottant, détritus de Kronos,
Épicière éplorée, serve de son négoce,
Lycéen rigolard, dans le temple Culture,
Pâtissier ambulant parfumé de friture,
Glas tonitruant de la vieille cathédrale,
Plein d'haineux souvenirs, de soupirs et de râles,
De trame monastique et de schismes boiteux
Où s'emmêlent le Saint, l'Imbécile et l'Affreux.
Les ronds néons blancs, bleus s'allument aux vitrines,
Aux sous-sols de la ville un gai torrent d'urine
Déferle, imbibant tout, vers les sillons ouverts
Par le lourd laboureur avec son soc de fer.
Un maquereau assis prépare sa conquête
À travers son pernod, pernod plein de facettes
Qui lui envoient troublés des nus vautrés sur l'or,
De l'or tombé des nues, des nues qui le décorent.

20 mars 1971

Par un matin banal, en un printemps humide,
J'allais dans la nature encore hâve et timide.
Les pins altiers qu'éclairait un soleil levant,
Secouaient leur carcasse aux nids de corbeaux lents.
Les voyant naviguer, indolents et criards,
Je voyais le désert en place du brouillard
Et le sable pillard, des souvenirs funèbres,
Des luttes en plein ciel, des combats de ténèbres.
Le murmure de l'eau m'arracha ces visions
Et dans son vert miroir, je vis d'autres régions
Tremblantes, déformées. « C'est un désert de pierres
Parsemé de mirages, en forme de calvaire.
Un rossignol chante sa triste mélodie
Au bois indifférent que Nature a raidi.
Cette eau qui continue sa régulière course,
N'est-elle donc jamais retournée à sa source ?
Insipide Progrès allié avec le temps,
Tu nous mangeras tous et nous serons contents !... »
Je rêve d'une fleur qui viendrait toute en pleurs,
Qui me viendrait conter ses enfantins malheurs.
Je la consolerais d'une douce voix blême
Et irions par la mousse enchanter les dieux mêmes.
Le Temps enfin vaincu s'arrêterait pour nous
Et l'amour aveuglant, des rides sous tes joues
Ne me ferait pas voir et j'aurais en mon cœur
Toujours ce visage que j'essuyai en pleurs.

Mais hormis la bise, personne n'est venu
M'apporter sa chaleur et m'envoyer aux nues.

1er avril 1971

Dans les réseaux fins de tes cheveux blonds,
J'ai laissé mon cœur, un cœur triste et bon
Mais, rire railleur, épaule légère
Des yeux étranges, longtemps m'ont fait taire.

Mai 1971

Mère

Refuge où pleurent les années
Fleuve ondoyant de chevelure
Coulée seyante de vêture
Et le soir des bras où rêver.

Une poitrine chaude et douce
Où poser mes joues marbrées
Par la nuit tentante et givrée…
Un doux et chaud duvet de mousse.

Des yeux immenses et profonds
Où noyer mes ténus chagrins
Des yeux tendres et câlins
Où noyer mon cœur larron.

Prison où sourit mon âme
Geôlière parée de fleurs
Parfums où le corps se meurt,
Délicatesses de femme.

Destin commun, multiples faces,
Temps pervers, boiteux et sûr,
Nature offensante et dure,
Longue peine, bonheur fugace.

Mal vêtue et mal famée,
Une âme de peine marche
Dans la rue, sous les arches,
Mendiant menue monnaie.

Passant imbu de raison,
Étends ta main secourable,
Ne fuis pas comme le sable
Dans la main que nous serrons.

…/…

.../...

Près d'un lac riant et sain
Où le mont vers l'eau descend,
Une mère et un enfant
Dorment à jamais, sereins.

Dans une maison en pleurs,
Où circule un froid frisson,
Un chérubin beau et blond
Paisible et silencieux meurt...

Mélancolie éternelle
D'un bonheur toujours ravi,
Des beaux souvenirs ternis
Des temps qu'on était belle.

Où est-il ce paradis
Que nous rêvions jeunes filles ?
Ce bonheur sûr et tranquille,
Dans nos cœurs, il s'est raidi !

Plus de peines que de joies !
Combien de désespoirs tus !
Le matin, les yeux battus
En faisaient cependant foi.

Pourtant elle restera
Dans mon cœur jusqu'à la mort,
Enfouie comme un remords
Dans un coin non scélérat,

Refuge où pleurent les années,
Fleuve ondoyant de chevelure,
Coulée seyante de vêture
Et le soir, des bras où rêver.

Mai 1971

La poussière et le sable
Les terrasses si blanches,
Les palmiers irritables
Les doux ânons qui flanchent.

Le souk el-Khémir là-bas
Est en proie aux marchands
Blancs mêlés aux fellahs
Qui vendent l'or des champs.

La viande sous les mouches,
Les blancs melons en nombre,
Les lourds produits des souches
S'éparpillent à l'ombre.

Les tentes défraîchies
Protègent les Arabes
Dans leur burnous à plis,
Gisant comme nababs.

Des discussions sans fin
Pour un paquet de thé,
Le compromis enfin
Comme un rite arrivait.

Bric-à-brac monstrueux
Des autos et des chars,
Des mages et des gueux
Opulence et bazar.

Et la lumière crue
Éclabousse de vie
Les miséreux pieds nus
Et ce boucher bouffi.

Fès (Maroc) août 1971

La vie a pour toi des attraits
Que tu veux méconnaître.
La mort a pour toi ses secrets
Que tu voudrais connaître.

La vie est longue à parcourir
Avant son si doux terme
Et de joies tu dois la nourrir
Pour rester devant la mort ferme.

Mon néant passé est immense,
Je ne peux le connaître.
Et ma pauvre âme a peu de chances
De retrouver son être.

Ma vie n'est que l'essence
De ces deux infinis.
Par où la vie commence
Surgit l'abîme d'inconscience
Jusqu'au rivage béni.

Septembre 1971

Quand je suis poète
Je fais d'étranges nuits
Pénétrées d'êtres vêtus de suie.

Octobre 1971

En un château désert ou plutôt plein d'esprits
Livré aux grands assauts du vent dans les rideaux
Qui façonnent des corps en forme de surplis,
J'allai futile et niais par les sombres caveaux,

Que le froid et la mousse enveloppent fort bien
De mystères nordiques où des djinns en cascade
Folâtrent menaçants ainsi que des vauriens
Conviés méchamment à l'ultra mascarade.

Parmi les masques laids, des anges balafrés,
Des oiseaux de goudron, des dieux à sexe fort,
Il y avait aussi un œuf trop défrayé
Siégeant sur une enclume, un cœur malsain et mort,

Des mains tendues coupées dans un calice d'or,
Un œil vitreux trônant (c'était le président),
Une cervelle énorme en proie à deux gros porcs
Et une verge allant, venant, sonnant le temps.

Puis des malentendus ricanaient dans un coin
Avec la vérité minuscule et confuse.
Dans un océan de pourquoi, fouillait un groin
Tandis que se levait une aurore diffuse.

Tout par délabrement s'égaya et mourut
Et le château désert ou plutôt plein d'esprits
Laissa la place aux grands buildings et belles rues
Peuplés de bonnes gens par leur réveil surpris.

Toulouse novembre 1971

Silences enflammant des divines conquêtes
Quand les mots sont bien trop superficiels et bêtes,
Nous chavirons et fous, ayant à l'âme en miettes
Des combats doucereux plein de feu et d'azur
Et de l'onde en furie où des chérubins purs
Se noient en étreignant leurs valeurs les plus sûres.
Puis, calmes, ayant sur le front les vieilles luttes,
Nous meurtrissons l'espoir de survies ou de chutes,
Implacables et froids, comme un savant en rut.

Nous les poètes neufs, vidés des illusions,
Nous bâtissons la vie avec d'horribles rêves
Qu'aussitôt, méchants, cruels, nous désagrégeons
Pour revivre plus fort d'autres vies, d'autres sèves.

Novembre 1971

Jardin de la paresse où croupit le désir
En proie aux effluves des corps lascifs et beaux,
Désir impuissant morne aux aspects de vampire
Qui rêve de palais mais construit des tombeaux.

Vague moutonnement peuplé de doux zéphyrs
Au-dessus du chaos où ardent les méchants
En proie aux symphonies de Byzance et d'Izmir,
Qui rêvent de pavots un peu moins attachants.

Insondable abîme entre un objet et l'image
Que l'artiste maudit et saccage à loisir
En proie à l'infini des rêves fous où nagent
Palpable et inconscience, instincts et souvenirs.

Émerveillement pur d'un sage primitif
Devant un seul rocher battu par les relents
D'une vague acérée en forme de récifs,
Où luit le dernier feu d'un halo haletant.

Nuit : vie, ombres sombres des danseurs en orgie
Au milieu de mille yeux convergeant, attentifs,
Alors que dans la ville au loin, les endormis
Cauchemardent là où se meuvent les esprits.

Novembre 1971

« Par les oiseaux chantant dans les débris des feuilles,
Pour les crapauds geignant dans le marais en deuil,
Je voudrais pas mourir,

Pour mon âme édifiée à grand-peine par moi,
Pour mon corps si mal fait, pourtant collé à moi,
Je voudrais pas mourir.

Pour ce que je veux faire, pour ce que j'ai pas fait,
Le remords qui me tient, le souvenir surfait,
Je voudrais pas mourir. »

Ainsi psalmodiait-il son désespoir certain
Cloué au temps cruel des tableaux bien trop courts,
Ayant l'étreinte au cœur du flambeau presqu'éteint
Au seuil éparpillant du monde sans retour.

Novembre 1971

Brume épaisse aux bruits sans origine,
Halo glauque aux contours ruisselants
Qui perce au-dessus du fleuve lent
Où se construisent de brèves ruines.

C'est la nuit insipide et tenace
Riche à éclater de fantasmagories
Et le vent mêle en irréelles orgies,
Souvenirs des jours vieux, des soleils fugaces.
Pénombre où s'enchaînent les destins
Quand le hasard sans trêve succombe puis s'enfonce,
Alors que tout à l'heure, au petit matin,
Les cerveaux, las de la nuit, parmi les ronces
De la vie, devront lutter encore
Avec l'inexprimable évidence
De leur absurdité et sans remords,
Gagneront jusqu'à la nuit, quand dansent
Les feux follets fous des corps enfouis,
Des âmes dissoutes
Au-delà des chemins reconnus et fous.
Par leur vie, tombeaux diffus
Continueront secs, leur fausse route :
Échapper à la conscience des fantasmagories.

Novembre 1971

Abattement bestial
Du désir consommé
Lorsque l'ange infernal
Et son aile embaumée
Ont fui l'éveil tardif
Le courroux mal venu
De l'esprit maladif
Par les sens abattu.

Vide éperdu qui ploie,
Mouvements lancinants et lents
Des sens assoupis, inconscients.
Sans bruit, le cerveau broie
Les derniers restes épars
Des confus souvenirs rougissants,
Alors qu'un pur hasard
Découvre un fil tout honteux et luisant
Qui traînait, misérable,
Sur le drap agréable.

Décembre 1971

Elle et lui

Elle se donne à qui la prend,
S'enfonce dans la vie et griffe
Et pétrit sans fin son amant,
Sous son sein maternel, craintif.

Lui, le possédant, le mâle
Finit par croire à ses instincts
Qui l'ont mené là et étreint
À éclater mais enfin râle.

Le couple désuni repose,
Tressaillant encore et respire
L'odeur mêlée de leurs corps roses,

Et le souvenir des soupirs
Amène d'étranges frissons
Aux lents relents mortes saisons.

Décembre 1971

Un gai matin m'attire où gît le stupre au corps
Vérolé à s'enfler, ricaneur et bestial.
Par-delà le désir inassouvi encor
S'étend un abîme que j'expire en doux râles.

Sur ce corps trop parfait, mort par les touchers vils,
Un malhabile mâle ardent s'éreinte en vain,
Et voyant devant lui, se lover l'eau tranquille,
Son esprit martyrise un compromis festin.

Détresse suffocante de l'homme qui n'est plus,
Réconfort intime, quand la bête est partie,
Large chancre béant de l'instinct disparu.

Pars maintenant très loin où s'échine la vie
Et sur ton passé mort, retire la leçon :
N'est pas celui qui veut ! Le corps a ses raisons…

Décembre 1971

Idéal

La nuit se prépare à poser son manteau,
Les fières brumes saignent, geignent et pleurent,
Pour le plaisir de l'avide des nuits, meurent
Comme meurent les frissons au gré de l'eau.

Pourtant les arbres noirs meuvent leurs squelettes
En lents ondoiements, esprit des vieilles brises.
Les étourneaux insouciants, jolis, volettent
De toits en balcons et les condors méprisent.
La voûte violette à l'horizon projette
Le rideau du bois, écrans où l'âme passe
Pour joindre parfois, loin, l'endroit où se massent

Les pauvres vivants qui dans l'idéal mettent
Transfigurés, impuissances et beuveries,
Mais plaignent amèrement et mortels et leurs vies.

Décembre 1971

Comme pour conjurer l'infini narquois des nuits,
Qui raille le temps lisse où s'agrippent mes doigts,
Je plonge dans la rue où s'éreintent les bruits,
Où tressaille mon âme assiégée chaque fois.

Tout ce qui me façonne et me mine et m'ennuie
Pareil à l'infernal désir qui se consume,
Je m'en sers de rempart couvant, sournois, ma vie,
Brume opaque où derrière les blancs éclairs écument.

Puis, le calme arrivant après les las combats,
La mer bleue clapotant les rivages soumis,
Le repos attendu qui parfois ne vient pas
Et la transe reprend le cerveau abêti.

9 janvier 1972

Son et lumière étouffés,
Le fleuve impassible charriait son eau sale,
Et des êtres ignorés
Exploraient l'infini des âmes qui râlent.

Regards de détresse et d'amertume las,
Mouvements lents, convulsifs.
Puis des cris déchiraient le silence des rats
Terrés, aux sens attentifs.

Vifs, des flamboiements bizarres
Aveuglaient nos yeux peureux, nos âmes folles,
Et ce fleuve où nos regards
Voyaient nos corps hagards, pantins parmi les saules,
Charriait, charriait sans fin son eau froide et boueuse ;
Et nous voguions, pris dans les plis de l'ivresse,
Chaude, pénétrante, lancinante caresse
Ou tigresse de rêve et méduse furieuse.

La berge, modulante sirène
Dans ses appels, tentante délivrance
Nous happait sans peine,
Mais le grand pas ? Ah ! Instinct de survivance !

Jouets désarticulés aux pièces vibrantes.
Des mains qui se tendent et qu'on coupe, rageur
D'un mot qui sent la mort, sûre et lente,
Brève, trop brève innocence des temps destructeurs.

Sons et lumière exaspérés,
Le fleuve charriait son eau sale,
Et des êtres ignorés
Exploraient l'infini des âmes qui râlent.

Janvier 1972

La nuit, portant des relents,
Obsédante, guettait, muette,
Les métamorphoses du couchant,
Salué gaiement par le frou-frou des chouettes.

Le lointain se paraît de larmoyantes teintes,
Et mourait, emportant des regards de tristesse.
La brise avait tari ses ruisselantes plaintes,
Mais restait le souvenir lourd de ses caresses.

L'onde d'un étang poisseux
Fuyait sur des nuages sombres,
Seuls les joncs restaient, comme des pieux,
Déchirant, silencieux les éphémères ombres.

Un éclair fuse.
Sur un banc attendaient deux cuisses précieusement
Serrées, contre le froid peut-être,
Crispées dans un espoir vagabondant
Sur les souvenirs diffus qui le font naître.

Petite ombre dans l'immense pénombre, seule.

…/…

…/…

Rien n'a changé ! Oh ! L'âme sœur, c'est moi,
Parallèle, fourchue.
Tréfonds de l'âme où les hasards se noient,
Pôles maintenant confondus.

Une clarté m'inonde.

Un versant vert où s'agrippent des troncs noueux,
Un doux et frêle versant et des gros troncs
Aux racines sournoises violent, rugueux
Et sucent, puis tombent. Poussière, magma fécond.

Du réel, un esprit s'alimente, le transforme et le nie,
Puis l'esprit lassé meurt, laissant le souvenir
De ce qu'il a broyé, transformé et détruit,
Aux lieux rares où vont poètes ou vampires.

La nuit, portant des relents
Obsédants, guettait, muette,
La métamorphose du mouvant,
Saluée gaiement par le frou-frou des chouettes.

16 janvier 1972

Cherche un fossile et mire ta détresse
Homme civilisé,
Abaisse-toi, humilie-toi et puis
Repars chez toi et laisse
À d'autres, n'est-ce pas, ces trompe-vie !

« Pourquoi je vis ? Fadaises !
Je vis, c'est tout, trop de curiosité nuit.
Même je suis bien aise
D'être un des gagnants de la loterie.

Si cela ne vous plaît,
Le cadeau qui nous est fait, rendez-le !
Moi, je le garderai,
Tant que le tout tiendra ! C'est beaucoup mieux.

La vie peut apporter…
Des satisfactions, et nous devons tendre
À la célébrité
Ou à nous surpasser ou à apprendre.

Je vous comprends si bien.
Je suis passé par là ! Ce seuil de l'inconnu
Où l'adulte est chien.
On vieillit. Le fardeau… On choit des nues.

Mais ? Qu'as-tu ? NON, NOON…
AAAAAAAAAH »

Tous ces raisonnements pour expliquer sa vie,
Quel service il me doit ! Fini son mépris de soi.

21 janvier

Ami

Qu'attends-tu dans cette oisive stérilité ?
Écoute ton âme dont les désirs s'épanchent,
La nuit en rêves doux et brutaux à souhaits.
Mais le jour arrive et tes convictions flanchent.

Homme faible et débile, rester est lâcheté.
Fuis cette vie infâme où les plaisirs pourrissent,
Où le réel rampe sur l'image tuée,
Pour la mer monotone ou pour le sable lisse.

Rouler, bouler, toujours, tourner, marcher, ivresse,
Se nourrir de caresses,
Boire le vent salé,
Chercher un frère, aimer.

Pour crever n'importe où,
Fidèle.

21 janvier 1972

Chaque seconde,
Perle scintillante au gré des mondes,
Est spectacle nouveau,
Mais l'oubli abolit l'éclatement sonore
Des étroits cerveaux.
Plus rien, sinon l'espoir dans l'inconnue mort,
L'espoir follet qui sème parmi les âmes
Déjà défuntes ce qui fut nos pures flammes.

Chaque seconde
Où tant de sensations se confondent
Est un espoir nouveau.
Mais le cerveau abolit sa force et sa vie,
Ce triste caveau !
Plus rien si ce n'est la vue des infinis,
La vue difforme qui noie dans son sillage
La vide immensité où meurent les mirages.

Chaque seconde,
Glas impassible de la fuite du monde,
Est un néant nouveau.
Mais l'illusion tisse son écran d'artifices,
Répand son pavot,
Et l'abîme éloigne ses murailles lisses
Et l'on retrouve les cris tentaculaires
Qui lacèrent les fébriles solitaires.

Chaque seconde,
Qui transparaît dans les nuits profondes
Est un combat nouveau.
Mais le roseau pensant, à chaque élan succombe
Sous les idéaux.
Et le néant revient, fière et laide tombe,
Ravageant les édifices lentement
Bâtis des cultures et d'humain sentiment.

23 janvier 1972

Une étoile, c'est ta vie, si tu veux
Et tu la nies, et la sublimes.
Puis retourne, cendre, dans le sein de la terre,
Retourne, terre, poussière dans le sein de l'univers,
Et tue l'incertitude de l'abîme,
Repais-toi de ta vie.

Crois à tes illusions,
Ivre ayant à l'âme
Les vains combats et les abîmes futiles,
Cherche, au-delà des sens assouvis,
Trop serviles, où te perdre dans l'œuvre immense.

Cherche le mystère
Et façonne-toi et détruis-toi,
N'endors pas ton esprit par des règles,
Mais forge ton âme à l'enfer.

Puis reviens, repu de vieilles images,
Étreindre la mort, la nier et revivre, si tu veux,
Souvenir parmi les hommes, un esprit éparpillé.
Mais ! Que t'importe le futur ?

31 janvier 1972

Le reflux amer des années foutues
Amène les souvenirs lourds des espoirs déçus
Et la tendresse des pieux enfantillages
Mêlés aux musiques douces
De l'air passant dans les sillages
De chevelure rousse.

L'abîme des songes-mensonges
Noie ma tête et furète
Et le néant sournois me ronge
Moi qui me croyais l'impénétrable
Monstre à facettes,
Et me broiera, frêle fétu diminuant
Dans le lever des soleils verts et vermeils,
Sarabande infernale des géants
Mimant le jeu des batailles
Et mourant enfin
Comme je meurs chaque matin.

Février 1972

Chanson

Par les déserts de sable,
Poussé par le vent vers l'Orient,
J'irai seul, impalpable,
Étreignant l'azur et riant.

Je ne suis pas un sédentaire,
Je veux courir l'onde et la terre.

Des réconforts vains,
Je m'enfuirai, chassant de l'âme
Les effluves malsains
Et les ridicules alarmes.

Je ne suis pas un sédentaire
Je veux courir l'onde et la terre.

Je vais noyer mon cœur,
Empreint de persistants chagrins
Aux relents de rancœur
Des horizons changeant sans fin.

Je ne suis pas un sédentaire
Je veux courir l'onde et la terre.

.../...

…/…

Soif des désirs d'été
Assouvis à moitié, vivant
Le jour, serein, tenter
Le saut inconnu des déments.

Je ne veux être un sédentaire,
J'irai courir l'onde et la terre.

S'arracher au démon
Opprimant la raison des sages
Et briser la prison
Des instincts fuyant les orages.

Je ne veux être un sédentaire,
J'irai courir l'onde et la terre.

Et si la mort paraît,
Hideur et désir de la nuit,
Sans frayeur, ni regret,
J'ondoierai vers elle sans bruit.

Je n'étais pas un sédentaire,
Je voulais voir l'onde et la terre.

Mars 1972

Chaque matin meurt le rêve
Et le réel m'empreint
Et me jette face contre terre
Et je ne me souviens plus de mes rêves.

Mars 1972

Toutes ces consciences qui s'éveillent
Et s'éparpillent,
Croyant trouver dans le superficiel
Le fond et brillent
D'une aurore glacée, me font gémir.

Est-ce la solution, changer nos désespoirs ?

Pourquoi vous taisez-vous, vous les sages ?
On ne vous entendrait pas peut-être ?
Et peut-être vos voix discorderaient ?

Faut-il ne pas chercher ici ?

Mars 1972

Pourquoi toujours dans ton inconscient
Portes-tu l'idée du Recommencement ?
Contiendrais-tu toute l'âme des peuples,
Toutes les âmes du peuple,
Toi chétif et frêle ?
Chaque âme réveillée est un puits
De ténèbres ou de lumière ou d'autres choses encore.
Qu'importe ? Il existe des voies et des portes
Inconnues, souvent oubliées,
Et au bout tout se mêle, tout est vrai,
Tout est un, infini et un.

Avril 1972

Pourquoi souvent, poète,
Ne comprends-tu pas,
Ce qui t'est dicté ?
La vision vient plus tard.
Voyant inconscient des fugitives choses,
Ce que j'aime en toi, c'est l'innocence
Non feinte et tes clartés cruelles et belles.

Avril 1972

Homme que je suis, que tu es peut-être,
Quels abîmes enfermes-tu,
Quelles contradictions énormes, effrayantes !
Homme, tu es plaisant à voir vivre.
Homme qui t'enorgueillis de la souffrance que tu te fais,
Qui t'enorgueillis de ramper comme un chien
Aux pieds des superficiels,
Je t'admire et te plains.

Homme, toi qui te veux Dieu,
Qui crées le sublime, qui imagines ce que tu ne peux créer,
Homme : infinité des possibles.
Tu es souvent mesquin et bas.
L'animal le plus vil,
A comme toi sa machine incroyable,
Mais toi, d'où te vient cet esprit multiforme ?
Ta mémoire prodigieuse crée ta prodigieuse imagination.
Tout se brouille et s'emmêle et c'est beau.
Homme, n'es-tu que la poubelle de Nature, terminus ?
Mais pourquoi te faire plus que tu n'es, ou moins.
Tu es Dedans aussi impénétrable qu'Elle,
Avec cette seule certitude au fond
D'être perdu.

Avril 1972

Et cette vision suprême des choses, et de la vie,
Je l'ai eue, il me semble,
Un éclatement de l'esprit,
Qui rejoint enfin l'ensemble.
- Si nous n'étions tous que des brebis égarées -
Est-ce la mort, l'oubli ou l'obscur éveil ?
Mais je ne me souviens
Presque de rien.
Oh ! Merveille !
Comment retrouver une seconde
Cet infini des mondes
Que je crée et détruis mais sans voir ?
Un lent patient labeur, peut-être.

- Prêtre de l'éparpillement -

Créer toujours des illusions et ne voir
Que ça en espérant
Aussi fortement que la mort en est une.

Avril 1972

Vais-je bientôt renier les fruits de ma jeunesse,
Misérable penseur aux mots vicieux et ternes ?
Par instants, ces propos, bassement me caressent
Et exultent parfois et des regards me cernent.

Comme un taillis battu par des chasseurs ardents,
Je suis là, en détresse et tombe chaque jour.
Les beaux remparts fictifs succombent sous les ans,
Puis les trésors s'en vont, méprisés tour à tour.

Il ne restera plus que des pierres sur des pierres,
Toutes pareillement triste aveu de défaite.
La roue fatale m'a dévoilé sous l'ornière.
Tous et moi vont rire et aller à la fête.

Longuement ces propos bassement me caressent.
C'est fait : j'ai renié les fruits de ma jeunesse.

Avril 1972

La rose a pâli ce soir
Sous le choc du réverbère,
Et chose avec sa guitare
Pleure l'hallali du cerf.

La nuit, spectre, guette et rit
De voir le jour pâle et bon.
Les passants, vêtus de gris,
Pas chalands hâtent le pas
Le caniveau rit, sournois,
Et le rat palpite au fond
De la terre, et son cœur broie,
Pauvre terre au cœur qui fond.

Le cerf a beau faire des yeux
Il mourra, du sang au cou.
Et les chiens, repus, fiers d'eux,
Jappent, fous, gluant de bouc.

Avril 1972

Sur la route, un vagabond va,
Tenant son âme prête à voler en éclats.
Des frissons lui marbrent le dos
Au seuil attendu de l'éparpillant chaos.
Sa conscience effrénée l'entraîne,
Où se meuvent troupeaux de vérités sans chaînes.
La clé des savoirs oubliés
S'enfuit moins vite à son envie
Et son esprit s'ouvre puis renaît
Puisant la sève de la vie,
Et ses rêves l'agitent sans l'endormir.
Les souvenirs éternels surgissant à son désir,
Innombrables et fous, voguant, tout se confond.
S'élèvent des musiques aux parfums chatoyants
Portées par des images
De douceur et de rage,
Par-delà la souffrance et la joie,
La communion pourtant suave des corps.
Les désirs négligés se déchirent et se broient.
Il a nié la mort
Et un rire le prend, de ses frayeurs passées,
de ses fureurs passées.
Immortel
Immatériel, irrationnel, intemporel,
Il se plaît tant à tuer Dieu,
À se confondre, usurpateur du ciel,
Mais son instinct le rend odieux
Le rend aux Dieux.
Tu te souviens encore un peu, très peu,
Et l'incertitude, fille féconde,
Enlise cette seconde
Et il repart, vagabond, son âme
Ayant refermé l'œil.

Mai 1972

Vietnam (chanson)

La bombe trace son sillon,
La mort moissonne dans les rizières,
Les paysans vêtus d'haillons,
Sans haine, retournent en poussière.
C'est le Vietnam
Où meurt notre âme.

Pauvres Ricains qui vous droguez
Avant d'aller les massacrer,
N'avez-vous pas encore vu
Votre folle vanité nue.
C'est le Vietnam
Où meurt notre âme.

Dans un terrier, comme des chiens,
Pour une idée, ils meurent contents,
Combien d'Américains demain
Seront pleurés pour de l'argent.
C'est le Vietnam
Où meurt notre âme.

Quand donc aura lieu le procès
Pour crime de lèse-humanité ?
Quand les plaignants seront crevés,
Répondent en cœur les accusés.
C'est le Vietnam
Où meurt notre âme.

…/…

.../...

L'avion égrène son chapelet,
Le bonze indifférent s'allume,
Et le GI noir engagé
Écoute Radio Harlem et fume.
C'est le Vietnam
Où meurt notre âme.

Un enfant blême éventré dort,
Ses yeux sont ouverts sur la nuit
Et les Marines nourris et forts
Parlent de putains en orgie.
C'est le Vietnam
Où meurt notre âme.

La guerre est terminée, regarde,
L'espoir ne fait plus luire les yeux,
La guerre est terminée tant mieux !
Nous avons gagné, que Dieu nous garde !
C'est le Vietnam
Où est morte notre âme.

Mai 1972

Chanson.

Occident,
Tu es le cancer du monde
Sous tes détritus immondes.
Tu abîmes
Ce qui nous donne la vie,
Et tu ruines
L'espoir de rives bénies.
Tu t'endors,
Oubliant déjà le rêve.
Tu n'adores
Plus que le sang sur tes lèvres
Et toujours
Tu cours derrière le temps
N'ayant pour
La mort qu'idées de néant.
Tu as peur de te voir nu et petit
Et tes pleurs
Te rendront bientôt maudits.
Occident,
Tu enfles comme une ordure
Et ton vent
Féconde, vicieux, les purs.
Puis survient
Le cerveau, formes chimiques
Aux instincts
Rêvant d'horizons plastiques.
Tu succombes
À grands pas dans le futile
Et ta tombe
Sera lamentable et vile
Car bientôt,
Sur l'Occident, jadis clair et beau
Où l'on a vécu
Le soleil ne se lèvera plus.
Où l'on a vécu
Le soleil ne se lèvera plus

Mai 1972

Tout se tait et regarde, le soleil meurt
Dans un pleur sanguinolent,
Et se noie en frissonnant
De lancinantes lueurs.
Morne, morne est la mer.
Seules les vagues, langues râpeuses
Heurtent le gros steamer
Qui crache ses ombres fielleuses.

Bateau Marseille-Istanboul juillet 1972

Descente vers le calvaire des hommes, de ces hommes qui ne peuvent même pas se croire des dieux, des dieux de souffrance. Des christs sans témoins, ce sont des christs sans témoin. Comprendras-tu jamais les chemins du Nirvana, Occidental poussé par la facilité ?
Tu vas bientôt pleurer ta déchéance et la vanité de tes divertissements te pèsera.
Tout rejeter ! Restera-t-il quelque chose de toi ?
La petite opale frissonnera-t-elle encore, prête à s'ouvrir au vent nouveau, à une chaleur nouvelle, une lumière inconnue jusqu'alors ?
Tu vas bientôt pleurer ta déchéance.
Et s'il ne reste rien ? Qu'un charbon recroquevillé ? Ton pleur te rendra maudit,
car tu vas mourir au monde.
Et j'aurai honte d'une telle mort, "entraillement" honte.
Savoir mourir, c'est accepter la vie qui grouille et tu la vis, et c'est là que tu meurs vraiment.

Hérat (Afghanistan) août 1972

Maintenant tu le sais,
Il n'y a plus rien
Derrière les reflets
De ta vie de chien.
Il n'y a plus rien.
Ainsi la mort survient,
Parée de noir et de vide
Et elle ne laisse rien
De ton âme si avide
De broyer des fantasmagories.
Tu dois te résoudre
À tout laisser en bouillie
Où à partir en poudre.
Pauvre ami, tu dois te résoudre.
Cherche-toi des moyens
De passer le pont en douce,
Comme si ce n'était rien,
Comme sur de la mousse.
Si le vide t'étreint,
Penses-y et ta vanité
D'amour-propre enfin
Te libérera bientôt.
Et la vie pleine de facéties
T'égarera à nouveau
Sur les chemins moisis
De l'âme et de tes idéaux.
Abreuve-toi dans ta pensée,
Elle est réconfortante
Elle se pare de mille reflets
De mille nuances changeantes.
Si elle te plonge vers la mort, tu en ressors brisé,
Mais tu reprends naissance,
Cuirassé
Ton cœur d'airain alors
Retrouve son essence.

Hérat août 1972

Dans la rue, les chevaux passent
Haletant sans fin leur joie de vivre
Et les clochettes vibrent,
Et l'attelage dans la poussière s'efface.
Éphémère réel aux contours indistincts,
Pureté du rêve aux images vaines
Souillure de la vie aux riches instincts,
Pourtant, elle tourne au bout de sa chaîne.
Liberté, tu n'es qu'un mirage
Offert aux yeux abêtis
Liberté, tu offres un visage
Que ton âme trahit.
Pourtant, elle est là, scintillante,
Pomme au-dessus du paralysé
Tu la cueilleras un jour de fiente,
Quand mûre ou pourrie, elle tombera à tes pieds.
Ne pleure pas pour autant, amoureux transi,
Pour toi, elle tisse de beaux rêves flambants
Où tu t'endors bientôt, fœtus endolori.

Hérat août 1972

Un grand espoir visite mon âme
Par-delà les mers, les terres lointaines
Elle est là qui t'attend, sereine
Portant dans les yeux une douce flamme.
Sur son front se déploient en lignes ondoyantes,
Tous les rêves qu'enfant tu faisais en dormant,
Sans parler, tu comprends son attente naissante,
Et nature célèbre nos pieux balbutiements.

Hérat août 1972

Esprit inviolé des formes souterraines
Vas-tu t'ouvrir un jour
À cette clarté
Qui va te rendre à Dieu,
Te soumettre, toi fier et hautain
À l'impalpable océan où s'éteint chaque être?
Il le faut, tu dois Tout connaître,
Tous les chemins mènent chez lui,
Et tu es fait pour les suivre
Jusqu'à la transparence.

Hardwar (Inde) septembre 1972

Un tam-tam s'épanche dans la nuit,
Le mode des grillons vibre sans fin,
Mesure minutieuse des chanteurs en orgie.
Et la complainte monotone assouvit mon divin.
Les fleurs blanches et simples dans le velours noir du taillis
Sans retenue aucune, dissipent leur nectar,
Et les étoiles, fenêtres de lumière infinie ! !...

Mon cerveau en proie à mille symphonies,
De plus en plus s'en va sur des sentiers bizarres.

Hardwar (Inde) septembre 1972

Ma vie coule sans rire
Sur les chemins de misère,
Et je me plais et désespère
De voir le monde survivre.
Chaque maison, chaque passant
Me montre du doigt et crie
« Étranger, va loin d'ici
Tu es le semeur de néant ».
Et alors, sans trêve ni paix,
Les chemins me roulent, m'entraînent
Parmi les pierres, dans les haies,
Et personne pour me fixer des chaînes.
Un jour, j'ai cru la voir,
Auréolée de blanc, de bleu
Et son regard ravi aux cieux
S'incrusta dans ma mémoire.
Mais ce n'était qu'un mirage
Comme d'autres, bien trop souvent,
Et je suis reparti, en serrant
Un peu plus mon cœur contre la rage.

Hardwar (Inde) octobre 1972

Intermède

Je veux aller où vont tous les gens, je veux aller par les routes encore, ne plus penser à rien, m'éblouir, être reflet du monde, sans altérité aucune, scintiller, impalpable et palpant tout, indistinct et distinguant tout, être rien et tout contenir, insensible et sentant tout, être et ne plus être, mourir sans fin, et vivre éternel, être moi et être l'autre, éclater et affluer et enfin, tout au bout là-bas, si loin, là-dedans, être Un.

Hardwar (Inde) novembre 1972

Mille petites flammes qui se dressent, phallus farouches et
tremblants, menaçants et fragiles,
Dualités fécondes où le règne se perd,
Symbolisme animiste où les âmes sourient,
Mille petites vies qui s'étonnent, cheveux dans une soupe,
Qui se côtoient et s'ignorent, s'embrassent et s'étouffent,
semblables et uniques et qui toutes…
cherchent le feu pour s'y jeter,
Mille petites roues qui tournent, maîtres inflexibles,
implacables et cruelles
dans d'autres roues encore, implacables et cruelles,
Et le calme souverain de la conscience statique et le calme,
le calme des dieux,
Baignant dans un azur de vert et je tournais, perdu,
immensément perdu dans la puissance cosmique.
Plus rien ne reste, j'ai tout perdu, et mon corps et mon âme.
Je suis rendu et JE n'est plus et plus rien ne peut écrire.

Hardwar (Inde) novembre 1972

J'ai la sensation très bizarre
Oui, très bizarre,
D'être dans un bocal,
Un bocal que j'ai fait
Je secoue, je secoue, il est trop solide.
Alors, je tends l'oreille
Pour savoir ce qui se passe
Des bribes parfois, incompréhensibles.

Alors !
Qui va casser ce bocal ?
Je ne vois que moi.
Lutter, lutter, toujours !
Désespérant.

« Voyons !
Pourquoi casser ton bocal ?
Pourquoi as-tu si faim, insatiable ?
Le mieux, mon ami !
Épaissis ton bocal et noircis-le
Pour qu'il paraisse un bloc de quartz
Et sois !
Ce que tu veux. »

Novembre1972

La ville hindoue ne s'endort pas,
Elle ne s'endort jamais, toujours vivante,
Imprégnée d'esprit, partie de l'univers.
La foule hindoue est là, présence forte et lourde,
Comme un couvercle de bronze,
Elle ne s'endort jamais, toujours vivante.

Mon rêve s'emplit et se gonfle, gouffre énorme,
Il s'émerveille de sa beauté, de sa force, de sa joie
Et ne s'endort jamais, toujours vivant, toujours poignant.

Ma vie est là, toute petite frêle flamme dans la brise,
Et pourtant, elle est conscience, éternelle conscience
Et ne s'endort jamais, toujours poignante,
toujours changeante.

Hardwar (Inde) novembre 1972

Des plaies de souvenirs qui s'ouvrent et font mal,
Des amis disparus, des amis qu'on voit plus,
Les clochers démolis, les mariages rompus,
Et l'horrible destinée, araignée infernale.
Les tristes renommées, l'auto dégringolant
Dans le vieux marécage où s'est noyé l'amour,
Et les désillusions, cancer des idéaux
Saignent les plaies, coloris chatoyants.

L'échancrure des feuilles laisse pleurer le ciel,
Les larmes me mouillent, amères, implacables,
Un grand bien me vient et le sommeil m'accable,
Me plonge dans le rêve et chasse le réel.

Delhi (Inde) novembre 1972

Le ciel et la mer sont remplis de ma joie, le ciel et la mer tourbillonnent mon cœur,
Et l'écume sourit, montre toutes ses dents, et les embruns me fouettent, au visage, la force,
de la mer et du ciel.
Je prends du sable dans ma main, comme mon âme la vie.
Je le tiens dans ma main et le sable s'écoule mais la main reste la même et le sable redevient le même, rendu à l'infini du sable et ma main peut reprendre du sable à l'infini.
Mon âme prend la vie et la dépense et reste la même et cette vie prise, redevient la même, rendue à la vie infinie, éternelle et mon âme peut reprendre de la vie à l'infini jusqu'à ce que… ma main s'aperçoive
qu'il n'est pas utile de reprendre du sable à l'infini.

Pondichéry (Inde) décembre 1972

Sur la route aux cailloutis tranchants,
Aux arêtes fines, pénétrantes langues de feu,
Sous le ciel de plomb, vainqueur des frêles brises,
Ployant l'échine sous le fardeau des rayons,
Je marchais.
La plaine ondoyait, jonchée de buissons et de rochers,
Interminable et belle,
Les huttes pitoyables, les rizières noyées,
Les hommes nus travaillant, les femmes,
Courbées par la peine et les enfantements,
Et je marchais.
Mon âme s'extasiait de la joie d'exister,
Mon esprit n'était plus
Qu'une vague faiblement remuée par les aspérités,
J'allais sans savoir où, là-bas, loin,
Où l'horizon s'efface, où le soleil succombe.
La nuit se réveillait et c'était le tumulte,
Les grillons dans leurs jeux, les hiboux festoyant,
les crapauds jacassant,
Et les traînées rouges dans le ciel
M'annonçaient la prochaine Aurore
Et je marchais.
Et l'Aurore est venue, éblouissant mes sens,
Le grand Amour qui sourit.
La conscience infinie des mondes.
Ce fut l'appel du fond des âges, du fond de l'âme,
Et je suis là,
Enfant,
Enfin parvenu aux pieds de l'Infini.

Kengeri (Inde) janvier 1973

Un enfant qui s'apprête à découvrir son âme,
Un enfant qui va voir l'infini dans sa tête,
La lumière brillant d'une éternelle flamme
Comme mille soleils que l'infini allaite.
Cet enfant que je suis, s'agenouille sagement
À tes pieds, toi, le Maître et demande la clef.
Et son âme s'émeut et ton amour planant,
Énergie primordiale, s'épanche sans arrêt,
Sans fin, ouvre en douceur les demeures cachées,
Où sommeillent trésors, béatitude et joie,
Et son âme s'émeut et la conscience naît
De mondes merveilleux où le Parfait est roi.

Kengeri (Inde) janvier 1973

Il est là,
Irradiant de paix et d'amour,
Transformant les âmes alentour,
En révélant leur vraie essence,
En les guidant par sa lumière ;
Et la pauvre âme errante, autrefois dans l'ornière,
Voit s'approcher la Demeure aux mille transes
Où la Joie est éternelle d'être rétablie,
Où la paix est consciente du tout.
Comment ma foi sera-t-elle assez grande
Pour en être investi,
Moi, le pauvre et frêle papillon que la flamme tente ?

Kengeri (Inde) janvier 1973

Il plonge lentement dans la plaine mouvante,
Entouré de nuées, soulevant des présages
Où Pourpre et Violet s'unissent sans partage.
Il est chargé d'adieux, de larmes agonisantes
Avec infiniment de tendresse trahie
Et les espoirs déçus de lendemains fertiles…
Le vois-tu bien partir ce jour à jamais cuit,
Qui t'approche un peu plus de l'incertain hostile ?
Qu'as-tu fait de ton jour, qu'as-tu fait de ce don ?
Tu l'as ruiné en vain, souillée cette richesse !
Et tu commences à craindre en voyant la vieillesse,
Quand ton âme et ton corps vont briser leur union,
Toute une vie passée à nourrir ses instincts,
À calmer ses envies, sans voir jamais la fin.
Ton âme ensevelie par toute cette fange,
Est restée ignorée, diamant pris dans sa gangue.

Il est déjà trop tard, le rideau va s'ouvrir,
Sur le monde réel, un bref instant pour toi,
Puis tu vas redescendre, encore une autre fois,
Dans ce cycle infernal jusqu'au jour à venir,
Où enfin tu comprends la destinée humaine
Qui est bien autre chose qu'une éternelle chaîne.

Kengeri (Inde) janvier 1973

Partir dans l'au-delà sans se retourner sur ces plaisirs
éphémères,
ces désirs insatiables aux tentacules qui se perdent
dans l'astral,
Oublier tous ces liens,
Renier l'origine animale de son corps,
Garder toujours présent l'esprit éclairant les routes à venir,
qu'on longera, toujours, solitaire,
sans jamais se laisser ventouser
par les haltes tentantes, bruyantes de vitaux
en proie à des instincts surgis
du fond des origines
quand nature s'est donnée.
Croire à ce qu'on veut, ferme, et fermer la porte
aux doutes pernicieux
qui présentent du vide où se tient l'infini.
Tout est possible.

.../...

…/…

La pensée peut tout, créer des mondes et les détruire,
créer la mort et la nier.
Tout est possible.
L'infini dans la tête.
L'homme qui se voulait Dieu.
Je ne peux croire qu'on m'a créé.
Il n'est pas vrai que je mourrai.
Vagabond errant dans les plaines du monde.
Un tourbillon, tu n'es qu'un tourbillon,
qui ne connaît sa fin, ni son but, ni son début,
qui ne connaîtra ni l'autre ni toi,
Ni la différence et la similitude,
Ni où s'arrête toi et où commence l'autre,
Sans limite, ni centre
Sans chemin, ni demeure.
Quand l'homme aura atteint la Vérité, là s'arrêtera sa race,
Car ce qui fait l'homme,
C'est sa quête sans fin.

Kengeri (Inde) avril 1973

Le grand départ pour l'infini,
Mourir pour connaître,
Pour être.
Mais tout voudrait te retenir ici.
Le chant de vie des grillons fous,
L'essaim d'oiseaux froulant sans fin,
La brise miroitant les feuilles d'or
Où l'araignée tisse son destin.
La complainte des tambours assoiffés,
Mendiant un peu d'eau aux cieux.
Oui, tout voudrait te retenir ici,
La grâce des palmiers offrant leurs mains,
Le papillon léger, insouciant,
Portant l'amour dans les recoins.
Toutes ces formes, complices d'apparence,
Mouvant et s'unissant
Attachent ton cœur en douceur.
Car tout voudrait te retenir ici…

Alors…
Qu'il faut partir,
Là-bas, là-bas, très loin
Au-dedans de toi
Où ton âme frissonne d'appels divins,
Où résonne, éternelle,
La musique créative,
Où luit sans fin, sans rien
La lumière d'origine.

Kengeri (Inde) avril 1973

Intermède.

Les splendeurs de l'Orient,
Palais majestueux, temples d'or,
Mosquées aux pointes ambitieuses,
Taj Mahal, Amritsar,
Persépolis, Angkor,
Pyramides aux trésors cachés,

Les merveilles de la nature !
Soleil couchant dans un lit de soie,
Milliers de mondes au firmament.

Pics éthérés d'Himalaya,
Plage voguant sous les palmiers,
Volcans aux laves phosphorescentes,

Pouvez-vous rivaliser
Avec l'inappréciable ?
Éphémère illusoire,
Peux-tu prétendre à l'infini ?
En l'homme est l'univers
Et d'autres univers, des univers sans fin,
Où s'étendent incomptables, insondables
Les splendides merveilles
Merveilleuses splendeurs !

Pourquoi courir ?
Le monde est en toi !
Pourquoi rêver ?
Tu es l'univers.

Kengeri (Inde) avril 1973

Toutes ces vies passées, innombrables myriades,
À brûler ses désirs, assouvir ses envies.
Toutes ces vies passées, effrénée galopade,
Au milieu des plaisirs, rapidement suivis
De longues langueurs et lentes mélancolies.
Et tu voudrais encore te noyer là-dedans,
Idolâtrer tes chaînes et mépriser le vrai !
Qu'attends-tu pour jeter tes fers et ton néant,
Et rechercher en toi l'immense liberté ?
Ah ! si tu savais les richesses enfouies,
Tu laisserais ta fange, creuserais l'infini… !

Kengeri (Inde) avril 1973

Joël
Rappelle-toi
Notre route de poussière,
Notre quête d'absolu,
Sont-elles déjà loin ?

Ce rêve de voyage,
Cette fuite éperdue,
Vers l'étoile et le ciel,
Le ciel pur, là-haut.

Mais notre tête courbée
Ne regardait alors
Que la terre foulée
Par nos pieds nus.

Combien de fois encore,
Devrons-nous repartir,
Combien de terres encore,
Devrons-nous parcourir
Avant d'apercevoir
L'or et la lumière ?

Kengeri (Inde) juillet 1973

Je suis frappé au cœur par la flèche d'amour,
Je suis frappé à l'âme par l'amour du pêcheur.
Tous ces jours perdus, sans l'appel de ton nom
Qui seront à jamais dans l'oubli de la terre !
Tous ces jours volés par le monde futile
Empêchant une union pour si longtemps encore
Avec Celui qui Est, avec Celui qui Sait.
Chaque seconde allant, je voudrais par les cieux,
Sur la terre, sur la mer, chanter, fou, ta louange.
Laisse-moi, je te prie, pénétrer tes merveilles,
Prends-moi, je te supplie, au creux de ton amour.
Babaji, un instant je voudrais ton Darshan,
Laisse-moi entrevoir ta divine présence...

Train Bombay-Calcutta septembre 1973

Granth Sahib

Tout le jour, ils vont, chantant le Livre
Suivis des sitars et des cornes,
Entourés de lumières et d'encens.
Mais ils sont aveugles et sourds.
Une autre musique résonne en eux.
Une lumière au-delà des yeux
Sans cesse éclaire leurs mondes intérieurs.
Le Livre n'est pas le Guru,
Le Livre n'est pas la Lumière.

La Vérité n'est pas écrite,
L'Amour ne peut pas être lu.
Et Dieu ne peut être connu
Que par les Fils qu'Il nous envoie.
Ouvrez les yeux et sachez lire.
Pourtant,
Le Livre dit : « Prosternez-vous aux pieds d'un Saint,
Et mendiez, humble, la clé des cieux
Et Il vous prendra
Par-delà ces vals de larmes et de rires. »

Calcutta septembre 1973

- Pourquoi es-tu si triste, fugitif voyageur?

Le vent sur les récifs abrégea ses soupirs,
L'oiseau si caqueteur figea sa pose, inquiet,
Et les fleurs de soleil se tournèrent vers lui.

- Ma tristesse sera
Aussi longtemps que mon cœur sera clos
Aussi longtemps que mon âme bannie
Sera écorchée
Par les ronces d'Iciba,
Aussi longtemps… que je serai hors de chez moi.

- Où est donc ta maison, voyageur exilé?
Est-ce la fière Amérique, la douce Angleterre
Ou la coquette Suisse?

- Ma maison est sans nom, sans distance
Et sans temps et nul vocable humain
Ne peut la circonscrire!
Ma maison! Nul ne la foule avec ses pieds!
Nul ne se cogne contre ses murs,
Et son ciel est infini!

…/…

…/…

- Quelle est donc ta demeure ?
Est-ce ton Rêve, ton Idéal ?

- Tout est rêves et chimères,
Et idées, exceptée ma Demeure !
Tout est change et multiple
Et mortel, exceptée ma Demeure !
Tout est irréel et menteur
Et ignoble, exceptée ma Demeure
Et je pleure de l'avoir perdue.

À nouveau le ruisseau se jeta
À fracas dans la mer,
La biche s'enfuit,
Poursuivie par le tigre
Et les nuages s'envolèrent, pensifs.

Bangkok (Thaïlande) septembre 1973

Comme un parfum de chagrin,
J'errais sans fin à ta recherche,
Comme un oiseau égaré
Je poussais mes chants solitaires;
Comme une flûte endommagée,
Je traînais, sale, dans l'ornière.
Et tu es là,
Près de moi, prête de moi,
Maintenant à jamais
Et je te prends
Et je te serre
Contre mon cœur.
Comme un mendiant de douceurs,
Un vagabond aux yeux pleureurs
J'allais, ayant le ciel
Comme unique demeure,
L'espoir comme unique soleil
Et je t'ai là,
Près de moi
Maintenant pour toujours

.../...

.../...

Et je te prends
Et je te presse
Contre mon cœur.
Le soleil pur de tes yeux
Illumine mon âme
Et la candeur de ton sourire
Adoucit mes alarmes.
Que pourrais-je ajouter
Qui ne ternirait pas,
Qui ne noircirait pas
Ce que tu es pour moi ?
Reine,
Jc n'arrive à le croire,
Tu es là,
Tout près
Maintenant à jamais
Et je me serre
Et je pleure
Contre ton cœur.

Sapporo (Japon) décembre 1973

Le désir a fait jaillir de l'or
De la terre et je le prends,
Je le serre et il m'endort.
Je dors… ainsi je meurs lentement.

Le désir a fait venir sans bruit
Les choses dont la douceur m'enivre.
Dans les yeux sereins de l'autre luit
L'indifférence irisée de givre.

Le désir a fait surgir sans peine
D'invraisemblables nécessités.
Alors le grand Besoin n'emmène
Plus jamais à l'ardente clarté.

Reste contre terre, émule
Des gènes passés sans fin,
Innocent ver, sans que nulle
Amante n'alimente ta faim.

Nulle ne peut éteindre ta fièvre,
La mort, même, bien que vantée
Avec ses approches bien trop mièvres,
Las, ne pourra pas t'exterminer.

La vie a ses racines, elles ne se laissent pas
Étouffer si l'on cherche à le faire,
Mais elles étouffent ceux qui se laissent bercer
Dans son étang mouvant.

Rejeter de mon âme
Suc et sève, images et dieux,
Rouler au-delà des larmes et des joies
Constant,
Dans l'infinie lumière,
Telle est ma quête et je m'y tiens.

Sapporo (Japon) juillet 1979